April 27, 2012

Cavan,

Congratulations

You're a Big Brother

Love

Mimi and Pop Pop

¿Puedo alzar al bebé?
Primero, debo preguntarle
a Mamá.

"Mírame, bebito.
Yo soy tu hermano mayor."

Yo tengo cuidado con el bebito.
Le canto una canción de cuna.
Yo soy un hermano mayor,
por eso puedo arropar y arrullar
a nuestro bebito.

A veces, el bebé llora.
Papá dice: "Los bebés lloran
para decirnos algo.
Vamos a ver qué es lo que le pasa."

Ah, es hora de cambiarle el pañal al bebé. Además, es la hora del biberón. Yo puedo ayudar porque ahora soy un hermano mayor.

Mamá y Papá me muestran fotos.
Fotos de cuando yo era bebé.

Yo también era
pequeñito como
nuestro bebé.

¡Ahora soy grande! Es divertido ser grande. Yo puedo caminar. Puedo hablar.

Puedo jugar con juguetes.
¡Puedo comer pizza,
manzanas y helado!

Mamá me quiere. Papá me quiere.
Yo soy muy especial para ellos.
¡Soy el único *yo* que existe en el
mundo entero!

Además, soy especial por otra razón:
¡Porque ahora soy un hermano mayor!

# Lo que necesita un HERMANO MAYOR

Cuando llega un bebé nuevo a la casa, el hermano mayor
necesita un poco más de todo: un poco más de atención, un
poco más de apoyo y un poco más de amor. Aquí le ofrecemos
algunas sugerencias para ayudar a su hijo mayor a adaptarse y a
asumir su nuevo papel.

Asegúrese de dedicarle una parte del día a su hijo mayor. No olvide prestarle atención cuando el bebé esté presente para que siempre sienta que es un miembro importante de la familia. Aun cuando usted sienta que le está prestando más atención que nunca, recuerde que es natural que él sea muy exigente durante esta etapa. Asegúrele que el amor que usted siente por él no ha cambiado desde la llegada del bebé.

Explíquele que es normal que un hermano mayor se sienta orgulloso y amoroso a la misma vez que se sienta celoso y furioso. Ayúdelo a expresar lo que siente, pero aclárele que no está bien que exprese sus rencores físicamente. No olvide elogiarlo cuando se porte bien diciéndole cosas como: "¡Cómo eres de cariñoso!" y "Gracias por traerme ese pañal, ¡me estás ayudando muchísimo!"

Explíquele que un bebé recién nacido tiene necesidades y limitaciones diferentes a las suyas. Así, su hijo mayor no se sentirá demasiado decepcionado cuando descubra que el bebé aún no puede jugar con él. A la vez, muéstrele cómo puede interactuar con el bebé para que comiencen a forjar una relación.

Es importante que usted comprenda que no puede hacer todo perfectamente todo el tiempo. Recuerde que también tiene que cuidarse a sí misma. Verá que observar el vínculo amoroso que se irá formando entre sus hijos le ayudará a sobrellevar más fácilmente aquellos momentos frustrantes.

## Recuerde: ¡Una familia cariñosa comparte mucho amor!